다
카
페

일
기

다카페 일기 ダカフェ日記

행복이란 분명 이런 것

모리 유지

권남희 옮김

북스코프

평범한 일상을 담담하게 기록했습니다.
바다[바다], 하늘[하늘], 와쿠친[백신],
그리고 아내를 촬영했습니다만,
천성이 외출하는 걸 싫어해서
주로 집 안이나 집 근처에서만 찍었습니다.
하루하루 물 흐르듯이, 내일도 모레도
부디 잔잔히 흐르길 기도하면서.

모리 유지

2002년 10월 21일 (월)
하루하루를 담담히 사진에 담기로 한다.

2002년 12월 21일 (토)
크리스마스는 산타, 산타는 빨간 코!
그렇게 생각하고 찍었는데,
빨간 코는 루돌프 사슴……

2003년 11월 9일 (일)
체조 선수 흉내를 내는 손녀와 할아버지.
귀엽다고 해야 할지, 잘 어울린다고 해야 할지.

2003년 11월 29일 (토)
균형 감각이 뛰어난 것은 인정하지만, 제발 점퍼는 좀 똑바로 입었으면.
늘 이렇다.

2003년 11월 20일 (목)
이렇게 매달려 있으면 도무지 작업을 할 수 없어서 버럭 화를 냈다가,
와앙 울려버린 뒤에야 미안해서 번쩍 안아 올려 웃겨주다 다시 등에 태워 작업한다.
이런 방법, 짧은 시간에 집중해서 작업할 수 있어 좋습니다. 강추!

2003년 11월 26일 (수)
노란 은행나무를 올려다보는 바다.
바다에게 "노란 잎은 은행잎, 빨간 잎은 단풍잎"이라고
가르쳐주었습니다. 헤헤~

2003년 12월 15일 (월)
바다는 "오렌지색 내 장갑~♪" 하고 노래를 불렀다.
내가 역의 분실물 담당자라면 오렌지색 장갑을 찾는 사람에게
이 장갑을 내주진 않을 듯. 부디 잃어버리지 않기를…….

2004년 1월 11일 (일)
악어 대 아내. (나름 격투기 마니아)

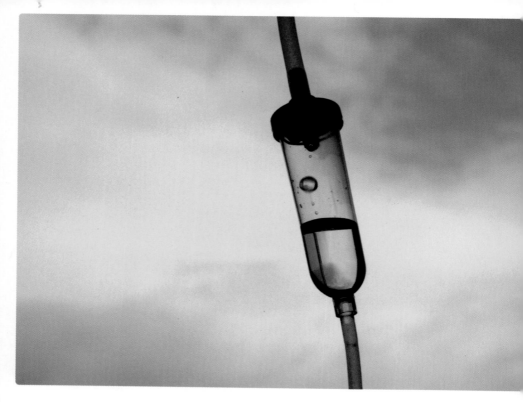

2004년 1월 20일 (화)

심장 발작이 일어난 지 1년. 내 심장은 평소와 다름없이 뛰고 있다.
여러분 덕분입니다. 땡큐.

2004년 4월 5일 (월)
아침에 일어나서 처음 본 것.

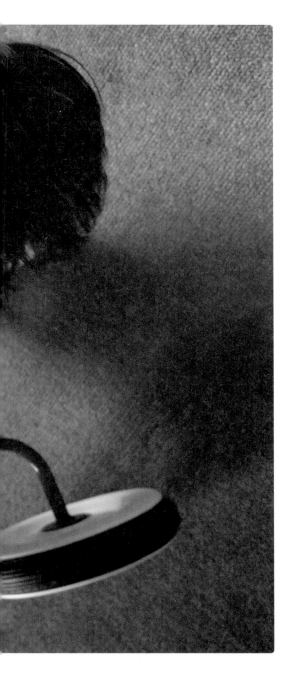

2004년 3월 1일 (월)

바다가 "모리퐁, 모리퐁, 엄청난 재주를 보여줄 테니까 잘 보고 있쩌-요"라고 해서 봤더니 이러고 있다. 매일 꽤 여러 가지 엄청난 재주를 보여주지만, 대부분 이 정도 재주. 그러나 가끔 진짜로 위험한 것도 보여주는데, 그럴 때는 재주를 선보인 뒤에 엉엉 울고 마는 바다 아가씨.

2004년 4월 9일 (금)
"모리퐁, 진짜로 엄청난 재주 보여줄게!" 하고 보여준 엄청난 재주.
정말로 엄청났다.

2004년 4월 9일 (금)

엄청난 재주를 보여준 뒤, 방심한 바다.

2004년 4월 12일 (월)

유치원 입학식 날. 바짝 긴장한 바다와 덩달아 긴장한 와쿠친.

2004년 5월 2일 (일)
화장지 사이로 흘러넘치는 콧물에 놀란 아내.
당신 눈이 더 놀라워.

2004년 5월 9일 (일)
아침에 일어나서 처음 본 것.
눈물.

2004년 5월 12일 (수)
조금 쌀쌀한 아침에는 이곳에서.

2004년 5월 22일 (토)
이를 닦으면서 생각에 잠긴 바다.
천생 제 엄마다.

2004년 5월 24일 (월)
바다의 장난기가 발동했다.

2004년 5월 25일 (화)
와쿠친의 반격도 만만찮다.
냄새, 지독했다.

2004년 5월 26일 (수)
오늘의 있을 수 없는 일. 갑자기 집 안에서 신발을 신고 다니는 딸.
바다 왈 "이대로 유치원에 가면 되거든."

2004년 6월 4일 (금)
아무리 높은 곳에서도 뛰어내릴 수 있다고 선언한 뒤.

2004년 6월 8일 (화)
아직 날릴 시기가 아니었을 민들레를 억지로 날리는 바다.

2004년 6월 17일 (목)

유치원에서 만든 실 전화. 그러나 실을 끊어먹은 아내.

2004년 6월 10일 (목)
조수석에서 내비게이션 역할을 하는 바다.
집 근처 공원에 가는 길인데 바다가 들고 있는 지도에는 규슈 전역을
달리기로 되어 있다.

2004년 6월 19일 (토)
백만 명의 캔들나이트에 살짝 참가해보았다. (집에서)

★ 백만 명의 캔들나이트
  일본에서 시작된 환경 이벤트로 매년 정해진 날짜에 전기를 끄고 저녁을 보내는 행사—옮긴이

2004년 7월 8일 (목)
애견 센터에서 발톱을 깎고 있는 와쿠친의 절망적인 얼굴.

2004년 7월 10일 (토)
바다의 입버릇.
"뭐야, 그거~."

2004년 7월 12일 (월)

일상은 이토록 아슬아슬한 것.

2004년 7월 16일 (금)
특기는 미니 풀장과 몸을 100퍼센트 활용하여 '엉덩이 뽈록하게 하기'.
진짜로 엉덩이가 뽈록해지는 대담한 기술이므로, 차마 민망해 찍을 수가 없었다.

2004년 7월 20일 (화)

요즘 들어 에헤헤 하고 웃는 바다.

2004년 7월 21일 (수)
사촌과 볼링하러 갔다. 자세는 프로급.

2004년 7월 23일 (금)
기타를 갖고 싶다고 해서 우쿨렐
레를 구입. 연주하고 싶은 것이
로큰롤이란 것은 그 후에 알았다.

★ 우쿨렐레(ukulele)
　하와이의 현악기. 기타와 비슷하지만 크기가
　작고 줄이 4개이다─옮긴이

2004년 7월 28일 (수)

우쿨렐레에 줄이 더 필요하다고 고집을 부린 것은 역시 로큰롤 때문이었다.

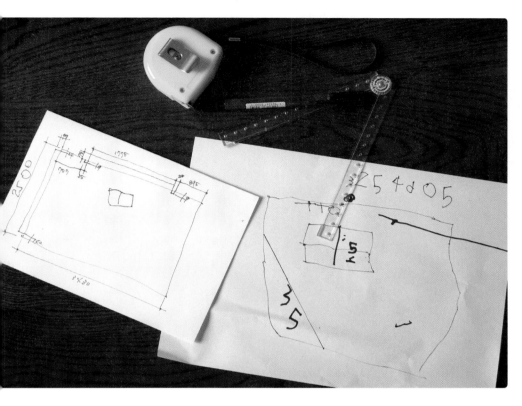

2004년 8월 7일 (토)
다다미 바닥을 마룻바닥으로 바꾸기 위해 바닥와 치수를 재는 중. 그 도면.

2004년 8월 14일 (토)

집 완성. 강제로 주민 등록을 당한 와쿠친과 토끼.

2004년 8월 11일 (수)
이제 아내의 배가 제법 불렀다.

2004년 8월 22일 (일)

내 책상 옆에서 이렇게 낮잠을 자버리면 일이고 뭐고 할 수 없잖아.

(라고 일 안 한 핑계를 대면서)

2004년 8월 28일 (토)
잠든 사이 아내에게 쿠션 형(刑)을 당한 와쿠친. 나를 의심하고 있다.

2004년 8월 31일 (화)
8월의 끝. 잠자는 임산부.
그녀가 눈을 뜬 시각은 오후 8시 45분, 피자가 배달된 것과 동시였다.
그렇다, 낮잠 치고는 꽤 길었다.

2004년 9월 5일 (일)
도쿄로 가는 비행기에서.
하늘이 두 쪽 났음.

2004년 9월 8일 (수)
선물받은 색종이로 공을 만들었다.
예쁘고, 냄새 좋고, 촉감 좋은 그리운 색종이.

2004년 9월 15일 (수)
꽃으로 장식하고도 심드렁한 와쿠친.

2004년 9월 16일 (목)

바다가 화를 내지 않고 평온하게 보낸 날은 저녁 무렵 창가에 부드러운 빛이 들어온다.

2004년 9월 23일 (목)
아침부터 차를 쏟은 바다. 그야말로 '바다' 같았다.

2004년 9월 30일 (목)
어디로 날아가는 걸까.

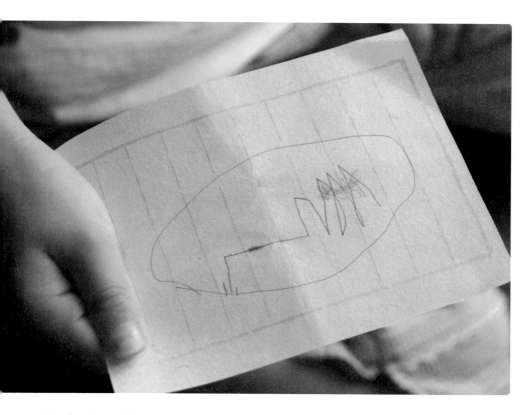

2004년 10월 5일 (화)

마이코플라즈마 폐렴과 싸운 바다가 그림으로 설명해주었다.

"이게 바다의 배고, 이 빨간 것이 파이코파라즈마란 거야."

(내일이면 다 나으려나)

2004년 10월 10일 (일)

슬슬 땜납의 냄새가 그리워져서, 이 욕망을 의미 있게 발산하기 위해
진공관 앰프 제작에 착수한 나……를 아내가 촬영.

2004년 10월 11일 (월)
"꼭 1등 할 거니까 잘 보고 있어야 돼"라는 말을 남기고 출전한 바다의 발은 느렸다.
코너에 진입하기 직전, 카메라를 보며 씨익 웃는 바다.

2004년 10월 11일 (월)

세상에, 키스를 던지며 코너를 돌았다.

2004년 10월 17일 (일)
현관에서 전철 기다리기.
행복을 음미한다.

2004년 11월 5일 (금)
언덕이 있는 공원에서
하늘을 보는 바다.

2004년 10월 27일 (수)
아내가 산부인과에 강습을 받으러 가서, 바다와 둘이 공원에.
"슬슬 다짱(아내) 마중 갈까?" 하는 물음에 "뭐어? 진짜아? 안 가고 싶네"라고
대답해놓고는, 산부인과 주차장에서 "절대 다짱한테 말하지 마! 알겠지!" 하고
협박하는 말투가 완전 아내와 똑같았다.

2004년 11월 9일 (화)
각자 나름대로 의자에 앉는 법이 있다.

2004년 11월 13일 (토)
까만 다시마로 까만 이. 으흐흐.

2004년 11월 19일 (금)
할머니와 오르간으로 연탄.

2004년 11월 16일 (화)
열심히 달려와서 슛.
왼쪽 아래 노란색과 분홍색의 동그란 것이 날아가야 했을 공이다.

2004년 11월 23일 (화)
베란다에서 그림 그리기라는 굿 아이디어를 생각해놓고,
느닷없이 색연필을 다 쏟아버린 바다.
고뇌에 빠진 모습.

2004년 11월 24일 (수)

아침노을.

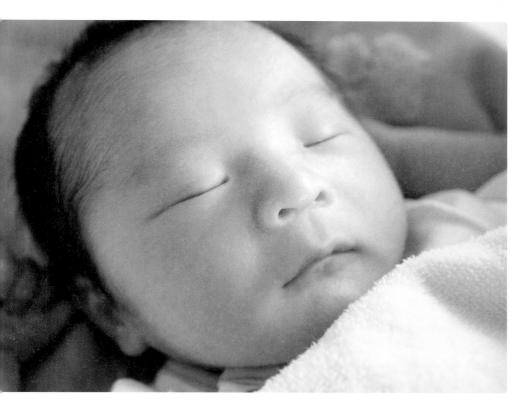

2004년 11월 27일 (토)
이름은 하늘. 사내아이다.

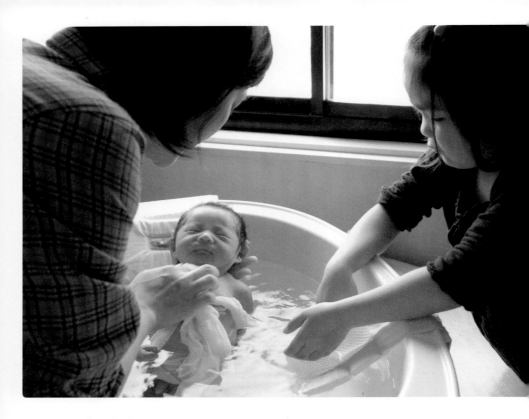

2004년 12월 1일 (수)

목욕 중. 작다.

2004년 12월 15일 (수)
연하장용 사진 촬영. 아주 능숙하게 동생을 안고 있는 바다.

2005년 1월 16일 (일)
만들던 야채샐러드를 쏟아놓고도 아무한테도 혼나지 않는 최강 전사 아내.

2005년 1월 22일 (토)
또 파묻혀버린 와쿠친. 나를 의심한다.

2005년 1월 23일 (일)
이름표.

2005년 2월 1일 (화)
주차장에서 정신없이 눈싸움을 하느라,
유치원도 회사도 지각하고 말았다.

2005년 2월 7일 (월)

고드름.

2005년 2월 3일 (목)
도깨비 아내 대 와쿠친.

2005년 2월 17일 (목)
아침에 일어나서 처음 본 것.

2005년 3월 6일 (일)
베개가 높다.

2005년 3월 29일 (화)
가부키를 보러 간 가오리 씨가 센베를 보내주어서 하늘이 이마에 찰싹.

2005년 4월 9일 (토)
집 근처에서 꽃구경. 벚꽃 보고 놀란 하늘이의 표정.

2005년 4월 14일 (목)
몇 개를 먹어도 모유로 다 나온다고 주장하는 아내.
순 거짓말이다.

2005년 4월 20일 (수)
작년에 아무리 높은 곳에서도 뛰어내릴 수 있다고 선언한
그 언덕길, 이번엔 좀 아찔한 높이에서 뛰어내리는 바다.

2005년 4월 23일 (토)
무서운 얼굴로 유모차를 먹는 하늘. 엄마 닮았구나.

2005년 5월 5일 (목)
여왕님 반지와 바다.

2005년 5월 29일 (일)
갓 둥지를 떠난 새끼 제비. 전선이 흔들려서 불안불안.

2005년 6월 4일 (토)
시계를 미끼로 뒤집기 훈련시키기.

2005년 6월 11일 (토)
곯아떨어진 하늘.

2005년 6월 16일 (목)
아침에 일어나서 처음 본 것.
베란다에서 책상다리를 하고 앉아 큰 소리로 노래 부르는 바다.

2005년 6월 18일 (토)
아내의 음모. 저기 앉지 않으면 일을 못 하는데…….

2005년 6월 29일 (수)
아내의 귀를 잡은 채 잠든 하늘.

2005년 8월 3일 (수)
베란다에서 아내에게 괴롭힘을 당하면서 슬슬 화낼 준비를 하는 하늘.

2005년 7월 6일 (수)
노을빛이 곱다. 바다가 노을 속으로 달려가는 모습을 찰칵.

2005년 8월 13일 (토)
가족과 함께 우연히 멋진 노을을
만났다.
물가까지 내려가서 한참을 바라
보았다.

2005년 9월 10일 (토)
아침 식사 시간. 거만하게 빵을 먹는 하늘.

2005년 8월 12일 (금)
오늘의 있을 수 없는 일. 늠름한 아내의 상완이두근.

2005년 9월 21일 (수)
흐릿한 유리구슬에 비친 시내.

2005년 9월 30일 (금)

새 카메라를 들고 찰칵. 하트 스티커 덕분에 사랑이 찍히겠네.

2005년 10월 4일 (화)

귀여워서 그만 충동구매를 해버린 방울 커튼에 도전하는 하늘.

운명은 시간문제겠군…… 흑.

2005년 10월 5일 (수)
실은 둘 다 별로 좋아하지 않는 비스킷.

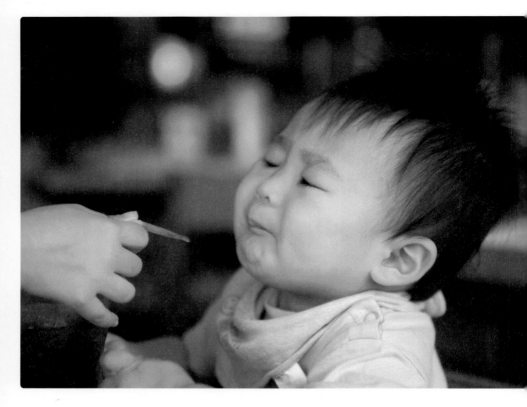

2005년 10월 8일 (토)
태어나 처음으로 맛본 콜라에 기겁하는 하늘.

2005년 10월 9일 (일)
아침. 일찍 일어난 바다.
감기는 좀 나은 것 같다.

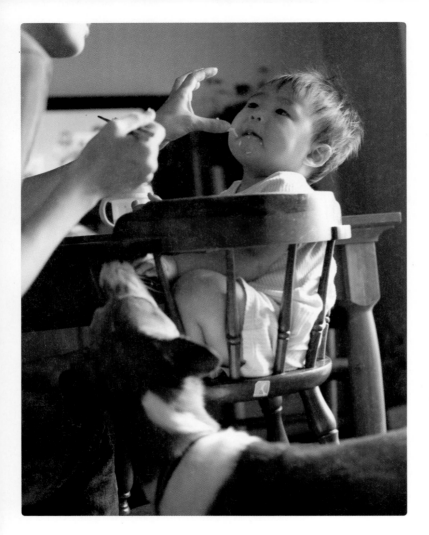

2005년 10월 13일 (목)
하늘이가 흘리는 이유식을 받아먹기 위해 대기 중인 와쿠친.

2005년 10월 15일 (토)

오리에게 모이 주기. 어째 좀 많다.

2005년 10월 16일 (일)
바다가 "기다려"를 시키는데 불복하는 와쿠친.

2005년 10월 17일 (월)
아침에 일어나서 처음 본 것. 골반 바지.

2005년 10월 26일 (수)
전철이 오자 즐거운 비명을
지르고 있는 하늘.

2005년 10월 18일 (화)
언제라도 달아날 태세인 와쿠친. (종종 하늘에게 꼬집히기 때문)

2005년 10월 19일 (수)

정글짐에서.

2005년 10월 27일 (목)
아침 식사로 먹던 사과가 목에 걸려서 눈물이 그렁그렁한 하늘.

2005년 11월 12일 (토)
바닥에 깔린 벽돌 틈을 집요하게 문지르는 하늘.

2005년 11월 12일 (토)
역광 속에 꺼안은 모녀……와
바닥에 깔린 벽돌 틈을 집요하게
문지르는 하늘.

2005년 11월 16일 (수)
노란 은행잎이 예뻐서 공원으로.

2005년 11월 16일 (수)
자기도 찍겠다고 해서 바다와 교대.
조금 전까지 내 모습이 저랬다고 생각하니 이보다 더 부끄러울 수 없다.

2005년 11월 17일 (목)
자는 게 아님. 하늘은 뭔가에 집중하면 머리가 기운다.

2005년 11월 23일 (수)
예상대로 당했다. 꺼이꺼이.

2005년 11월 24일 (목)

"오! 오!" 하고 놀라운 발견을 호소하는 하늘.

(야단맞을 것 같을 때 자주 사용하는 개인기. 시선 끝에는 아무것도 없는 경우가 많다)

2005년 11월 25일 (금)
하늘, 만 한 살. 떡을 밟다.

모치후미
만 1세가 되는 날 떡을 밟으며 무병장수를 기원하는 풍습 ─옮긴이

2005년 11월 25일 (금)

시치고산을 맞아 바다는 할머니가 어릴 때 입으셨던 기모노를 입고 스튜디오 촬영.
중간에 정원에서도 한 장.

---

* 시치고산

남자아이는 3세·5세, 여자아이는 3세·7세 되는 해에 기모노를 입고 신사 등에 참배하는 행사 — 옮긴이

2005년 12월 3일 (토)
오늘의 있을 수 없는 일. 쌀 튀밥이 코에 들어갔다. (실화임)

2005년 12월 4일 (일)
포테이토가 무진장 길었다.

2005년 12월 7일 (수)
빨리 매달고 싶어서 몸이 근질거리는 새로 산 장식품.
엄청 귀엽다.

2005년 12월 18일 (일)
현관에서 고드름 발견. 먹었다.

2005년 12월 13일 (화)

선루프에 쌓인 눈.

그리고 마음이 마음이 아닌 와쿠친. (북쪽 지방 출신인 주제에 추위를 많이 탐)

2006년 1월 1일 (일)
최근 곧잘 허리 흔들기 댄스를 보여주는 바다.
그런데 어딘지 모르게 80년대 스타일이다.

2006년 1월 14일 (토)
우편함으로 전철을 보는 하늘.

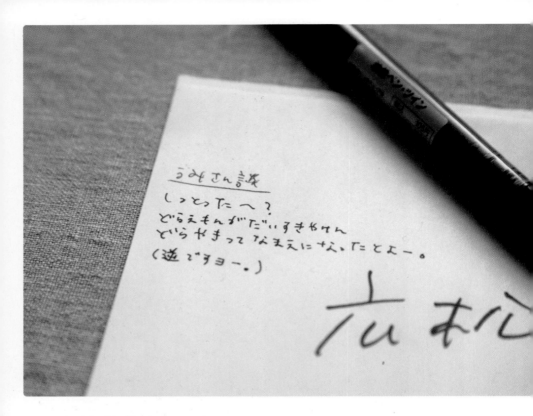

2006년 1월 24일 (화)

아침에 일어나니 책상 위에 아내가 쓴 메모가…….

＊ 사진 속 메모 내용

　바다가 해준 이야기

　알고 있었어?
　도라에몽을 아주 좋아해서 도라야키라고 이름을 지었대-.
　(반대라고요-)

＊ 도라야키

　동그랗게 구운 핫케이크 안에 단팥 소를 넣은 것. 애니메이션 〈도라에몽〉에서 주인공 도라에몽이 아주 좋아하는 빵으로
　나와서 유명하다—옮긴이

2006년 1월 22일 (일)
PWF 세계선수권대회의 챔피언 벨트를 팔목에 차고,
자이언트 바바를 쓰러뜨린 건 나라는 듯한 표정으로 기쁨에 찬 '아낸 한센'과
강제로 타이틀 매치에 낀 '바다 더 블로디'.

★ 자이언트 바바
  역도산의 수제자로 일본 레슬링계의 전설이었다. 1999년 사망했다.
  스턴 한센
  일본에서 활약한 외국인 레슬러. 자이언트 바바와 나란히 일본 레슬링계의 양대 산맥이었다.
  블루저 블로디
  역시 일본에서 활약한 외국인 레슬러.
  ─옮긴이

2006년 2월 8일 (수)

이보다 더 편할 수 없다.

2006년 2월 9일 (목)
이불 도둑.

2006년 2월 11일 (토)
유치원에서 등산을 한다고 해서 그럴듯한 점퍼를 사 왔는데,
내가 생각했던 '그럴듯한'이 '썰매 타는 에스키모 같은'이었다는 사실을
지금에야 깨달았다.
바다 왈, "그렇게 춥지도 않을 텐데⋯⋯."

2006년 2월 20일 (월)
다들 축 늘어진 아침.

2006년 3월 1일 (수)
하여간 한 가지 일에 집중을 못 한다.
오늘은 텔레비전을 보면서 발을 먹는 하늘.

2006년 3월 4일 (토)
물가에서 꼼짝 못하게 잡힌 하늘……
그러나 이미 흠뻑 젖었다.

2006년 3월 4일 (토)
매화를 찍는 바다.

2006년 3월 18일 (토)
오늘의 있을 수 없는 일. 마르게리타 피자(식후).

2006년 3월 24일 (금)
오늘의 있을 수 없는 일. 접시를 문 채 잠든 하늘.

2006년 3월 5일 (일)
사과 사탕으로 루돌프 사슴코를 노렸으나 너무 내렸다.

2006년 3월 30일 (목)
하늘이가 감기에 걸렸다.

2006년 4월 1일 (토)
꽃구경을 하러 공원에.
하늘이가 꽃잎을 좀 뜯었다. (대단히 죄송)

2006년 4월 3일 (월)
공원 화단의 홈에서 하늘이의 신발 발견.
맙소사! 녀석이 지금 신고 있는 것은 양말이란 말인가.

2006년 4월 10일 (월)

빠진 손가락 관절을 스스로 맞추고 있는 격투기 마니아.

2006년 4월 9일 (일)
물조리개가 하늘이의 눈에 띄면 옷이 흠뻑 젖을 것과 빨래를 각오해야 한다.
그렇지만 즐거운 날들.

2006년 4월 12일 (수)
바다가 1학년이 되었다.

2006년 4월 16일 (일)
아침부터 야단맞고 우는 바다……를 달래러 간 것처럼 보이지만,
발꿈치에 묻은 밥풀이 떨어지지 않아 애를 먹고 있을 뿐인 하늘.

2006년 4월 20일 (목)
대체 저건 언제 적 패션인지.

2006년 4월 21 일 (금)

눈이 부신 와쿠친.

2006년 4월 22일 (토)
와쿠친의 껌을 씹는 하늘. 차례를 기다리는 와쿠친.

2006년 4월 24일 (월)

오늘의 있을 수 없는 일. 바다가 친구 미키와 쿠키를 만들었다.

2006년 4월 29일 (토)

텔레비전…텔레…텔…비……흠냐, 흠냐……

2006년 5월 6일 (토)
하늘이는 과자를 일단 전부 쏟은 뒤 주워 먹는다. 환장하겠다.

2006년 5월 10일 (수)

하늘이가 자고 있어서 헤드폰을 끼고 텔레비전 만화에 집중하는 바다.

2006년 5월 13일 (토)
장화를 처음 신고 기뻐서 어쩔 줄 모르는 하늘.

2006년 5월 13일 (토)
슬퍼서 어쩔 줄 모르는 하늘.

2006년 5월 15일 (월)
기념 촬영.
와쿠친의 매무새를 고쳐주는
하늘.

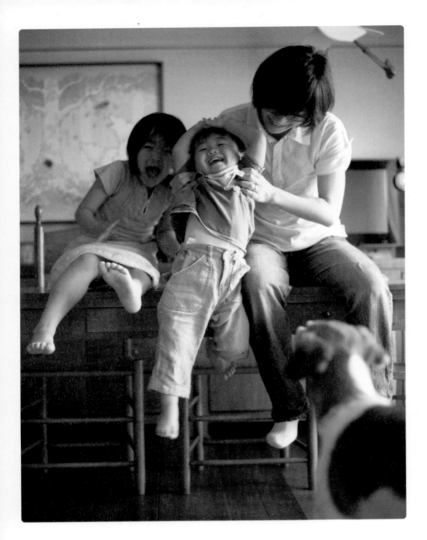

2006년 5월 15일 (월)
떨어지는 하늘. 지켜보는 와쿠친.

2006년 5월 20일 (토)
갑자기 날아오른 비둘기 때문에 놀란 고양이.

2006년 5월 22일 (월)
어지간히 놀랐는지, 집 앞에 있는 수상한 인물을 경계하는 하늘.
(하늘아, 저건 엄마야)

2006년 5월 24일 (수)

결국 저질렀냐.

2006년 5월 31일 (수)
엄마가 날리는 비누방울을 삼키는 하늘.

2006년 5월 27일 (토)
비가 온다.

2006년 6월 1일 (목)
처음 배운 말은 '변신'.
하지만 전투 애니메이션은 전혀 보지 않는 순수 라이더.

2006년 6월 10일 (토)
엄마를 의심하면서도 무서워서 반항하지 못하고 떡을 한입 먹은 하늘.
뜨거웠지?

2006년 6월 15일 (목)
공원에서 본 수국이 예뻐서 집으로 돌아오는 길에 꽃집에서 샀다.

2006년 6월 16일 (금)
복숭앗빛 저녁노을을 보고 나는 노래한다.
사랑은~ 복숭앗빛~♪

2006년 6월 17일 (토)
백만 명의 캔들나이트.
아내가 마셔보라고 하자 입을 가져가는 순진무구한 하늘.
역시 뜨거웠다. (당연하잖아~)

2006년 7월 3일 (월)
오늘의 있을 수 없는 일. 선 채로 자기.

2006년 7월 15일 (토)
아내의 발소리에 마음이 다급한 하늘.

2006년 7월 25일 (화)
오늘의 있을 수 없는 일. 선 채로 자는 게 역시 힘들었는지, 조금 연구한 하늘.

2006년 8월 12일 (토)
베란다에서 물장난하기.

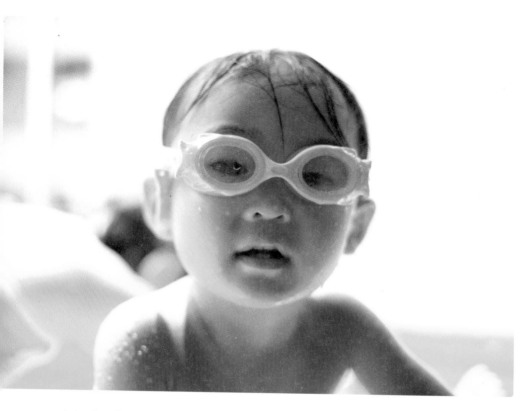

2006년 8월 12일 (토)
하늘아, 무섭다.

2006년 8월 21일 (월)
하늘이는 팝콘을 몹시 사랑한다.

2006년 8월 28일 (월)
안 내리려고 울부짖어서 열 번이나 계속 탄 것은 얼굴을 숨기고 있는 녀석 때문이다.
바다 운전사님, 수고 많았어요.

2006년 9월 9일 (토)
바다가 소풍 가는 날이어서
하늘이도 도시락을 먹는 날.
등 뒤에서 노리는 와쿠친.

2006년 9월 9일 (토)
잠들어버린 하늘. 계속 노리는 와쿠친.

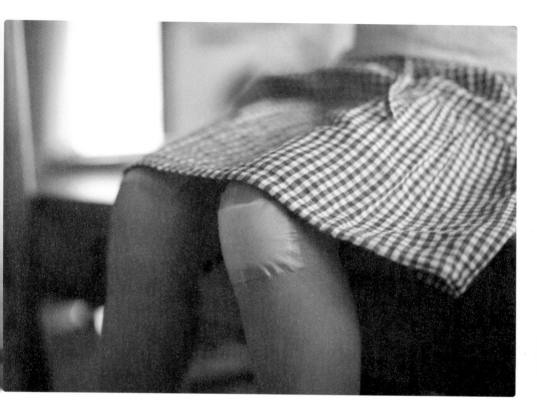

2006년 9월 10일 (일)
바다가 넘어졌다.

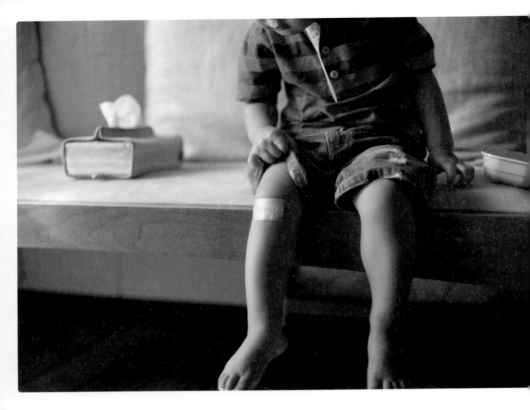

2006년 9월 10일 (일)

하늘이는 넘어지지 않았다. (흉내 내기)

2006년 9월 12일 (화)
비둘기에게 복수를 시도하다 되레 당해버린 하늘.

2006년 10월 2일 (월)
숙제. 도통 하기 싫은 바다.

2006년 9월 18일 (월)

윗도리가 기저귀 속에 들어가버렸다.

2006년 10월 11일 (수)
숨바꼭질 중. 다 보인다구.

2006년 10월 10일 (화)
마들렌을 먹는 아들.
그건 반죽입니다, 하늘 군.

2006년 10월 18일 (수)
와쿠친을 찍는 바다.
그러나 와쿠친의 시선은 내게.

2006년 11월 1일 (수)
늘 가던 공원으로 산책을.

2006년 11월 1일 (수)

가볍게 헤드락을 거는 하늘. 자연스럽게 힐홀드를 노리는 아내.

★ 힐홀드

    상대의 발등을 겨드랑이에 끼우고 뒤꿈치를 비트는 기술—옮긴이

2006년 11월 4일 (토)
아내의 영양 크림을 코에 중점적으로 바르는 하늘.

2006년 11월 5일 (일)
오래된 사진을 보는 바다. 그리고 함께 보는 와쿠친.

2006년 11월 14일 (화)

웃는 바다.

2006년 11월 14일 (화)

느끼는 바다. (뭘 그렇게)

2006년 11월 18일 (토)
"우리 가족의 아침 식사를 사 올게" 하고 편의점에 들어간 바다.
뜬금없는 도라야키에 당황한 나.

2006년 11월 18일 (토)

뜬금없는 도라야키에 신난 하늘.

2006년 11월 22일 (수)
도시락의 존재를 알게 한 게 잘못, 당장 대령해야 했다. (아침 10시 30분, 벤치에서)

2006년 11월 29일 (수)
바다에게 물려받은 모자.

2006년 11월 29일 (수)

그리고 등유를 나른다.

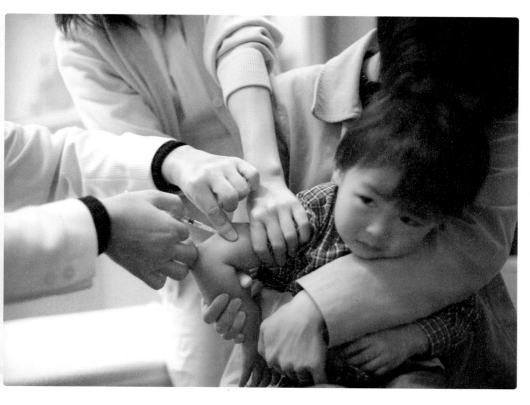

2006년 12월 2일 (토)

예방주사를 맞는 하늘. 사방에서 꽉 붙들고 있다.

2006년 12월 4일 (월)
거대 곤충(파리)을 앞에 두고 엉거주춤한 자세의 가면 라이더.

2006년 12월 8일 (금)
아침에 일어나서 처음 본 것. 귀엽게 엎드린 와쿠친.

2006년 12월 9일 (토)
갑작스런 촛불 도둑에 놀란 주인공, 바다.

2006년 12월 13일 (수)
하늘아, 술래는 가까운 곳에 있단다. (숨바꼭질 중)

2006년 12월 16일 (토)

오늘의 있을 수 없는 일. 서랍에 본부를 차린 하늘.

2006년 12월 19일 (화)
위험해 보였지만 하늘이는 넘어지지 않도록 들어가고,
넘어지지 않도록 나오는 것이 재미있어서 어쩔 줄 몰랐다.

2006년 12월 26일 (화)
내가 골라준 사이드고어 부츠를 거절하고, 바다가 고른 싸구려 끈 부츠.
이제 슬슬 그럴 나이.

2006년 12월 31일 (일)
섣달그믐이면 해마다 가는 호텔.
바다에서 바다의 포트레이트를 찍다.

다카페 일기, 그 뒷이야기
(글=아내)

ダカフェ日記の
オマケ

(女=ヨメ)

모리퐁

남편과는 대학 시절에 만나서 그럭저럭 15년째 함께입니다.

특별한 취미가 없는 나에 비해 남편은 하여간 취미도 많습니다. 가끔 우리 집 인테리어나 그릇 혹은 장식품 같은 걸 보신 분들이 "참 귀엽네요. 부인의 취미인가요?" 칭찬을 하십니다만, 아뇨, 아뇨, 100퍼센트 남편이 고른 겁니다.

접시 한 장부터 컵, 식물에 이르기까지 남편이 고르고 사 옵니다(그러나 식물을 키우는 것은 접니다). 실은 제 옷까지 사 올 때도 있습니다.

잡화점에 가면 남편은 바다와 둘이서 "이거 귀엽지 않아?"를 연발합니다. 저보다 훨씬 소녀 같아서 귀여운 것을 좋아합니다.

어느 날 아침, 갑자기 2미터 가까이 되는 길고 무거운 물건이 집으로 턱하니 배달이 와서, 놀란 나머지 작업 중인 남편에게 전화로 물었더니, 남편은 환희의 탄성을 지르면서 "아! 바닥재 왔어? 남양재(南洋材)야, 색깔 좋지?" 하고 거침없이 사후 보고.

또 어느 날은 건전지를 사러 갔다가, 나는 잠든 하늘이와 차 안에서 기다리고 바다와 남편 둘이서 가게 안으로 들어간 적이 있습니다. 얼마 후, 두 사람은 만면에 미소를 띠고, 지상 디지털 방송 전용 HDD 녹화기 상자를 안고 나오면서 정작 건전지를 사는 건 잊어버리기도 했지요(바다는 "다짱, 이거 있으면 텔레비전을 엄청 많이 볼 수 있어!" 하고 완전히 남편에게 세뇌되어 있었음).

덧붙이자면, 오늘 아침에도 "이따 택배 올 거야" 하는 말만 남기고 출근해버렸습니다.

과연 뭐가 올까요?

다짱

"왜 다짱이에요?" 하는 질문을 자주 받습니다.

어릴 때부터 줄곧 '나짱' 이라고 불렸습니다만, 대학에 들어가서 얼마 되지 않았을 때 한 친구가 '나' 를 '다' 로 잘못 들어서, 어느새 '다짱' 이 되어버렸습니다.

바다까지 어릴 때부터 '다짱' 이라고 부르다 보니, 결국에는 친정 부모님도 저를 '다짱' 이라고 부르고 있습니다.

그리고 지금은 하늘이가 '다짱' 을 잘못 들어서 '나짱' 이라고 부릅니다.

별로 취미가 없는 저입니다만, 남편이 곧잘 글감으로 써먹다시피 격투기를 아주 좋아합니다. 아이들 키우느라 한창 바빠서 서점에 들러 선 채로 격투기 관련 잡지를 읽는 것조차 힘든 날들입니다만, 이런 생활에도 어느새 익숙해져서 역의 매점에 얼핏 보이는 스포츠 신문의 제목만 보고도 전날 그 네모난 링에서 펼쳐졌을 레슬러들의 뜨거운 경기를 시뮬레이션할 수 있게 되었습니다.

어쨌든 경기 종류를 불문하고 남성미 넘치는 기술에는 사족을 못 씁니다. 붙는 척하며 들어내기, 재빨리 기어들어가 한판 엎어치기. 나도 그만 그런 기술을 실행해보고 싶어집니다. 이럴 때 대전 상대로 뽑히는 것은 당연히 남편이죠.

바다(海)

날마다 재미있는 말을 해서 우리를 웃겨주는 바다는 다섯 살 생일이 2주 남았을 때, 누나가 되었습니다. 분만실에서 출산을 마치고 축 늘어진 엄마는 거들떠보지도 않고, 갓 태어난 하늘이를 보자마자 "와앗! 귀엽다!" 하고 좋아하던 그때 기억은 어쩐지 지금 생각해도 감격스럽습니다.

그 귀여웠던 동생은 감당이 안 될 정도로 활발해져서, 매일 전쟁 같은 날을 보내고 있는 요즘. 하루하루 높아져가는 누나로서의 허들에 때때로 좌절하면서도, 언제나 에헤헤 웃으며 밥도 잘 먹고, 씩씩한 동생을 잘 받아주는 그런 바다와 함께 보내는 요즘이 나는 몹시 기쁘고 자랑스럽습니다. 어릴 때부터 남편의 방귀 공격에 시달려온 바다는 냄새에 아주 민감합니다. 남편의 방귀를 재빨리 감지하여 대피하는 것이 특기라지요.

얼마 전 주위에서 무슨 냄새를 감지한 바다가 가만히 내 옷자락을 잡고, "아, 다짱이었어?" 하고 말했습니다. "다짱 방귀 안 뀌었는데?" 했더니, "에헤헤, 뭔가 할머니 냄새가 나. 나쁜 냄새 아니야. 다짱 냄새야" 하고 말했습니다. 계속해서 하늘이의 냄새를 맡아보던 바다는 "맞아, 맞아. 사실 하늘이한테는 모리퐁의 냄새가 나"라고 합니다. 내 냄새는 분명 낮에 산책할 때 밴 해님 냄새이고, 하늘이의 냄새는 남편에게 밴 나이 냄새일 게 뻔합니다.

하늘(空)

여전히 잘 먹고 잘 놀고, 잘 우는 규슈 남자. 최근에는 남자답게 텔레비전 속 히어로에 빠져
있습니다. 히어로가 되어 우리에게는 보이지 않는 무언가와 전투를 펼치는 매일입니다.
하늘이가 태어나기 2년 전쯤, 남편은 급성 심근경색에 걸렸습니다. 그때 남편이 살아났기 때
문에 지금 이렇게 네 명(과 한 마리)의 가족이 될 수 있었구나 생각하면 감개무량하기 그지없
습니다. 당연하게 생각했던 하루하루의 생활 속에서 많은 우연과 인연이 만나서 운 좋게 우
리가 지금 이곳에 있을 수 있구나 하고 그저 감사할 따름이지요. 앞으로도 이렇게 별일 없이
여유롭게 살아갈 수 있기를 기도해보지만, 날마다 원기 왕성함이 하늘을 찌르는 하늘이에게
아무 일도 없는 날이란 없을 듯. 아침에 먹으려고 기대하고 있던 야키소바 빵에서 야키소바
만 먹어치우고 혼자 만족스러워하기도 하고, 내가 화장실에 가려고 하면 잽싸게 따라와 먼

저 문을 열고는 "자, 들어가세요" 하며 변기 커버까지 올려주기도 하고, 내가 주방에 서 있으면 내 청바지 뒷주머니를 양손으로 잡고 매달리기도 하면서, 에너지 빵빵하게 하고 싶은 대로 하루하루를 보내는 하늘이.

이런저런 일로 바쁘다가도 엉겁결에 풋 하고 웃어버리는 평온한 매일입니다. 훗날, 사춘기인가 뭔가가 찾아와서, 내게 "어이, 밥!" 이러면 얼른 내가 하늘이의 청바지 뒷주머니에 매달려버릴 겁니다.

와쿠친

애견 와쿠친은 아오모리 출생. 대학교 때 선배네 집에서 얻어왔습니다. 생후 3개월 정도일 때, 까마귀에게 물려갈 뻔했다고 하는데 그때 상처가 아직 목에 남아 있습니다. 그 후 와쿠 친은 까마귀를 볼 때마다 원한을 풀기라도 하듯이 맹렬히 쫓아갔습니다만, 최근에는 나이가 들어서 까마귀를 봐도 옛날처럼 무모한 도전을 하는 일은 없습니다.

바다가 태어나서 얼마 되지 않았을 무렵, 유모차 안의 바다가 잠이 깨서 울기 시작하자 황급 히 내게 알려주던 와쿠친, 무작정 덤벼드는 어린 바다에게 항상 관대하게 대해주었습니다.

5년 후, 하늘이가 태어난 뒤엔 하늘이가 아무리 울어도 전혀 동요하지 않습니다. 천진하게 덤벼드는 하늘이에게 노골적으로 귀찮은 표정을 짓습니다. 오늘도 와쿠친은 어느새 자신보 다 큰 아이들, 그 모습을 지켜보는 우리를 낮잠을 자면서도 지켜보고 있습니다.

최근에는 자는 시간이 훨씬 길어져서, 이름을 불러도 모르는 척할 때가 있습니다. 귀 부분이 움찔 움직이는 것으로 보아 들리기는 하는 것 같습니다만. 며칠 전에 남편이 부를 때는 귀를 움찔하고 꼬리를 파닥파닥 두 번 정도 흔들었지만, 눈은 감은 채 낮잠을 계속 잤습니다. 내가 불렀더니, 제대로 눈을 뜨고 이쪽을 봐주었습니다. 와쿠친은 확실히 사람 보는 눈이 있습니다.

카메라

"남편이 사진작가라서 애들 사진 많이 찍어주죠?" 하는 말을 종종 듣습니다.

물론 그렇지 않은 건 아닙니다. 바다의 첫 번째 운동회 때, 마지못해 카메라를 손에 들고 온 남편에게 "다음에 바다가 나올 거야. 이 주변을 뛰어갈 거야" 하고 상세히 설명하고, 사진을 찍어달라고 부탁한 적이 있습니다. 그러나 경기가 끝나기도 전에 카메라를 한 손에 들고 돌아온 남편 왈, "안 되겠어, 망원 렌즈를 사야겠어. 앞에까지 나가는 건 창피하다구. 못 하겠어."

이래서 바다의 첫 번째 운동회는 지금도 내 뇌리에 확실히 각인되었습니다. 불행히도 그 장면은 현상은 못 합니다.

남편은 사람들이 많이 모인 외부에서 사진 찍는 걸 아주 곤혹스러워 합니다. 망원 렌즈를 구

입한 뒤에도 바다의 운동회를 비롯해 여러 행사에 참여했지만, 카메라 가방에서 카메라를 꺼낸 적이 없습니다. 그러다 집에 돌아오기만 하면 마치 물 만난 고기처럼 카메라를 한 손에 들고 마구 찍어대더군요. 남편님, 밖에서도 힘 좀 써줬으면 합니다요.

바다와 하늘

아이들 이름의 유래에 대해 묻는 분들이 많습니다.

바다가 태어나기 전에, "나는 열심히 아기를 낳을 테니 당신은 열심히 이름을 지어요" 하고 남편에게 부탁했습니다.

남편은 학생 때부터 '모리 군' 하고 성에 군을 붙여서 불리는 일이 많았는데, 왠지 그게 싫었던 모양입니다. 그래서 아이의 이름은 '모리'에 지지 않는 부르기 쉬운 두 글자, 남자든 여자든 오케이인 이름을 짓기로 마음먹었다고 합니다. 아직 낳지도 않은 아이의 이름을 심사숙고한 끝에, '바다'와 '하늘'로 결정한 것은 남편이 열여덟 살 때였다는군요.

결혼은커녕 여자 친구도 없었을 재수 시절의 남편. 그 시절에는 그런 것 말고도 생각해야 할 일이 많지 않았을까? 싶지만, 오랜 세월 동안 따뜻하게 간직해온 이름이어서 감사히 받았습니다.
그런 남편을 아이들은 '모리퐁' 혹은 '봉즈케' 라고 부르고 있습니다.

거실 테이블

결혼해서 얼마 되지 않았을 때는 아직 물건도 별로 없고 텅 비어 있던 방이, 해가 지나고 가족이 늘면서 점점 여러 가지 아이템이 늘기 시작했습니다. 그중에서도 나는 거실 테이블이 가장 마음에 듭니다. 누가 어떤 자리라고 정하지 않고, 모두 자기가 앉고 싶은 자리에 적당히 앉습니다.

식사만 하는 게 아니라, 남편이 일을 하기도 하고, 바다가 숙제를 하기도 하고, 하늘이가 기어 올라가서 득의양양해하기도 하고, 가끔 와쿠친이 그 위로 올라가 하늘이가 난감한 얼굴로 굳어버리기도 합니다. 휴일에는 주로 이 테이블 위에서 각자 하고 싶은 일을 하며 보냅니다. 부부가 둘 다 외출을 즐기지 않아서, 휴일에는 집 안에서 보내는 일이 대부분입니다. 대개 오전 중에는 둘이 묵묵히 집 안 청소(공통된 취미)를 합니다만, 가끔 뜬금없이 대대적인 집 안 구조 바꾸기를 실시할 때가 있습니다. 그날 담당한 내 구역 청소를 종료하고 산뜻한 기분으로 거실로 돌아오면, 그곳에는 대이동 중인 가구들이 널브러져 있고, 속이 훤히 드러난 오디오 배선과 그것을 사랑스럽게 바라보는 바다, 공구 상자 주위를 원기 왕성하게 뛰어다니는 하늘이, 폭포 같은 배선을 앞에 두고 자랑스러워하는 남편이 있습니다.

이렇게 날씨 좋은 날 굳이 그런 것 안 해도 되잖아 하고 생각하지만 이미 그들을 막을 방법은 없고……

그런 날의 유일한 외출은 대형 마트에 가는 것입니다. 필요한 케이블을 구입하고 신이 난 남편은 공원이나 장난감 가게에도 들르지 않고, 부랴부랴 귀가하자마자 작업을 계속하고 아이들도 역시 그런 남편을 응원합니다.

해가 저물기 시작할 무렵에야 집 안 구조 바꾸기도 얼추 끝나고, 지칠 대로 지친 남편과 아이들은 새로운 구조에 만족스러워하고 있습니다.

"다음에 또 바꾸기 하자!" 하고 신난 바다에게 남편은 엄숙하게 말합니다. "오, 그래, 또 하자꾸나. 구조 바꾸기는 배선에서 시작해서 배선으로 끝난다는 것을 잊지 말도록." 배선 같은 건 안 바꿔도 되잖아! 이렇게 생각하는 것도 우리 집에서는 분명 저뿐일 겁니다.

어쨌든 구조 바꾸기를 마친 우리는 테이블에 둘러앉아 저녁을 먹습니다. 그러고 나면, 모두가 이 테이블에서 또 각자 자기 하고 싶은 일을 하며 보냅니다. 뭔가를 즐길 때는 언제나 이 거실 테이블에서. 앞으로도 이런 가족의 모습을 매일 바라볼 수 있기를 기도합니다.

후기 비슷한……

천성이 외출하는 걸 좋아하지 않는 나는 집 안에서 유유자적하게 지내면서,
내일도 모레도 오늘처럼 순탄하고 평범한 하루가 되게 해주세요, 하고 기도한다.

모래밭을 걸어도 밀려왔다 밀려가는 파도가 하나하나 다르듯이,
순탄한 매일도 분명 조금씩 다를 것이다.
문득 정신을 차리고 보면, 밀물이 가득 들어와 바다 모양이 달라지듯이,
평범한 매일도 느릿느릿 큰 변화가 일어나고 있을 터.
그 하나하나의 파도를 나는 앞으로도 계속 찍고 싶다.

텔레비전이 귀했던 시절에 부품만 사 와서 직접 조립하셨던 할아버지, 벗겨진 머리에 베레
모를 쓰고, 초등학생인 내게 매주 손수 그린 그림 엽서를 보내주시던 할아버지,
내가 세 시간이나 늦게 버스 정류장에 도착했는데도 "할미도 지금 막 왔어"라고 말씀하셨지
만, 실은 한참 동안 날 기다리셨던 할머니,

초등학교 수영 대회에 나가기 싫어서 내가 꾀병 부리는 걸 알아차리고, "물속에서 걸어도 좋
아. 남자라면 도전을 해!" 하고 밀어 넣으셨던 (평소에는 자상하신데……) 어머니,
대학에 들어갈 때 공항에서 "유지, 사랑을 하고 오너라" 하고 당부하셨던 아버지,
"할아버지, 자리는 여기가 좋아요?" "요리는 생선으로 할까요?" "돌아갈 때는 차로 태워다
드릴까요?" 무엇을 물어도 대답은 모두 "좋아, 좋아"였던 친척 할아버지,
내가 좋아하는 사람들은 모두 평범하고 모두 열심히 살았다.

나는 앞으로도 계속될 평범한 날들을 아내와 사이좋게 지내기도 하고,
가끔 토닥거리기도 하면서, 나 나름대로 열심히 보내고, 바다와 하늘이를 잘 키우고,
그날들을 찍고, 일기에 쓰고, 언젠가 친척 할아버지와 같은 나이가 되었을 때,

바다와 하늘이와 그 손자들이 뭔가를 물으면, "좋아, 좋아, 그러면 돼" 하고 웃고 싶다.
그런 흐름에 몸을 맡기고 그저 느긋하게 떠다니고 싶다.
나는 오늘도 카메라를 들고 모두의 웃는 얼굴을 찰칵찰칵 찍을 것이다.

모리 유지

옮긴이의 말

화려하지도 않고, 특별하지도 않은 사진작가 모리 유지의 홈페이지 '다카페 일기'에는 그저 평범한 다섯 식구(한 마리의 개를 포함하여)의 사진 일기가 올라올 뿐인데, 하루 접속수가 3만 건에 이른다. 일본뿐만 아니라 사진에 관심 있는 우리나라 네티즌들 사이에도 입소문이 나서 아는 사람은 다 아는 성지일 정도이니 '평범함'과 어울리지 않게 그 인기는 가히 '폭발적'이다. 그러나 '폭발적'인 인기와 관계없이 오늘도 홈페이지에 올라오는 사진 일기들은 여전히 '평범하기 그지없는' 이웃집 이야기 같다.

다만 그 인기를 어렴풋이나마 가늠할 수 있는 것은, 홈페이지에 2006년까지 올린 800편의 사진 일기 가운데 엄선하여 사진집 『다카페 일기』를 출간했다는 사실과, 그 사진집이 출간되자마자 엄청 인기를 끌었다는 사실 정도랄까.

예쁘다, 귀엽다, 사랑스럽다…… 사전에 실린 이런 부류의 단어를 모두 모아놓아도 부족할 만큼 천사 같은 두 꼬마 바다와 하늘이, 그리고 은근히 시크한 개 와쿠친, 장난기 넘치는 격투기 마니아인 엄마 다쨩, 사랑이 넘치는 시선으로 그들을 찍는 아빠 모리퐁(모리 유지 씨를 가족들은 모리퐁이라고 부른다). 『다카페 일기』는 사진마다 이 다섯 식구의 따스함, 평화로움, 웃음, 여유가 가득 담겨 있어서 페이지를 넘기는 손끝에까지 행복이 묻어날 것 같은 사진집이다.

아무리 텔레비전에서 심란한 뉴스가 나오고, 일상생활에서 속상한 일이 있어도 다카페 가족의 사진을 들여다보고 있으면 저절로 눈초리가 처지고 입꼬리가 올라간다. 눈과 마음이 정화된다. 처음 『다카페 일기』 소문을 들었을 때는 남의 집 아이들 사진이 뭐가 그리 볼거리가 있겠는가 했는데 말이다. 오오, 그런데 한 장 한 장의 사진마다 보는 사람의 마음을 잡아끄는 매력에 반해서, 지금은 어느새 작업대 옆에 사전과 나란히 놓아두는 책이 되었다.

홈페이지의 이름이자 이 사진집의 제목이기도 한 『다카페 일기』의 '다카페'란 무슨 뜻일까. 책에 실린 작가 소개에는 '다카페'의 뜻이 '평범한 3DK(방 셋, 거실, 주방) 맨션, 즉 자택이다'라고만 나와 있는데, 어느 인터뷰에선가 '다카페'라는 말의 뜻을 묻자 모리 유지 씨는 '다짱의 카페'를 줄인 말이라고 했다. 다짱은 그의 아내이니, 아내의 카페라는 뜻. 이래저래 여자들에겐 사랑받을 짓, 남자들에겐 눈총 받을 짓을 많이 하는 1등 남편 모리퐁 씨! 멋진 사진도 사진이지만, 아내의 표정에서, 아이들의 일거수일투족에서, 집 안 곳곳에서, 행복을 찾아내는 '찍사' 아빠의 섬세하고 자상한 마음의 렌즈에 박수를 보내고 싶다.

2008년 12월
딸 정하와 나무(애완견 시추)의 찍사 권남희

모리 유지(森 友治)

1973년 후쿠오카에서 태어나 자랐다. 아내와 아이
둘, 개 한 마리와 산다. 기타자토 대학 축산학과를
졸업했고 전공은 돼지의 행동학. 돼지의 기분을 잘
아는 카메라맨 겸 디자이너로, 사진과 그래픽 디자
인을 생업으로 하고 있다(돼지를 찍는 것은 아니
다).

1999년부터 인터넷에 사진을 공개하기 시작하여,
현재는 1일 접속수가 3만 건에 이른다. 그 기대에
부응하고자, 어디에서나 볼 수 있는 가족의 일상을
담담하게 찍어서 사진 일기를 계속 올리고 있다. 참
고로 『다카페 일기』의 '다카페'란 평범한 3DK(방
셋, 거실, 주방) 맨션, 즉 자택이다.
홈페이지 http://www.dacafe.cc

권남희

1966년생. 일본문학 전문번역가. 지은 책으로 『동
경신혼일기』『왜 나보다 못난 여자가 잘난 남자와
결혼할까』공저로 『번역은 내 운명』이 있으며, 옮긴
책으로 『러브레터』『무라카미 라디오』『빵가게 재습
격』『밤의 피크닉』『퍼레이드』『막다른 골목에 사는
남자』『바다에서 기다리다』『마호로 역 다다 심부름
집』『미나의 행진』『우연한 축복』『멋진 하루』『젖과
알』등 다수가 있다.

다카페 일기
한국어판 ⓒ 북스코프, 2008

1판 1쇄 찍음 | 2008년 12월 22일
1판 15쇄 펴냄 | 2014년 2월 10일

지은이 | 모리 유지
옮긴이 | 권남희
펴낸이 | 김정호
펴낸곳 | 북스코프

출판등록 2006년 11월 23일 (제2-4510호)
100-802 서울시 중구 남대문로 5가 526 대우재단빌딩 16층
전화 02-6366-0513(편집) | 02-6366-0514(주문)
팩스 02-6366-0515
전자우편 book@acanet.co.kr
홈페이지 www.acanet.co.kr

ISBN 978-89-961132-5-6 03830
ISBN 978-89-962651-0-5 (세트)
Printed in Seoul, Korea.

★ 북스코프는 아카넷의 임프린트입니다.
★ 값은 뒤표지에 있습니다. 잘못 만들어진 책은 구입하신
곳에서 교환해드립니다.

★ 사진 구도에 우선하여 편집했기에 몇몇 사진 일기는 날짜
순서를 따르지 않았습니다.